DV IEV,

LETTRE MORALE.

Par le PERE LE MOYNE. *de la Compagnie de* IESVS.

A PARIS,
Chez FRANÇOIS MVGVET, ruë de la Harpe, aux Trois Roys, vis à vis la Barbe d'Or.
ET
Chez IEAN GVIGNARD, dans la Grand' Salle du Palais, à l'Image Sainct Iean.

M. DC. LXI.

AVEC PRIVILEGE DV ROY.

En visite, à l'Eglise, en chambre à la Campagne,
Elle est vostre Suiuante, elle est vostre Compagne:
Et contre vostre sein, son fer sombre tourné,
N'attend, que de fraper, le signal soit donné.
De quelque Bastion, que l'Arsenal vous couure;
On meurt à l'Arsenal, comme l'on meurt au Louure:
Et si, mille Canons feroient contre la Mort,
Rangez au tour de vous, vn inutile effort;
Le masque, le mouschoir, les perles, les dorures,
Seroient-elles sur vous de plus fortes parures?
Et croiriez-vous pouuoir l'éuentail à la main,
Ce qu'Hercule tenta de sa massuë en vain?
D'ailleurs, penseriez-vous auoir assez de charmes,
Pour engourdir son bras, pour amollir ses armes?
Elle est aueugle & sourde; & jamais ne se prit,
Dans les pieges des yeux, ny dans ceux de l'Esprit.
Vostre Ange qui vous tient à couuert sous son aisle;
La Vertu qui s'oppose au coup de la Cruelle;
Les Graces qui pour vous luy presentent le sein;
Ne feront pas tomber le cousteau de sa main.
Vous joüez cependant sous sa fatale atteinte,
Dont auec la Vertu, les Graces sont en crainte:
Et vous auez, tandis que vostre Ange en a peur,
Le rire sur la bouche, & l'allegresse au cœur.
Vous direz, DORALIS, que vous estes heureuse,
Aussi deuez-vous l'estre, estant si genereuse.
La Fortune a toûjours fait cas de la grandeur,
Soit de celle de l'ame, ou de celle du cœur.
Et comme sur la Mer elle ayde le Pilote,
Qui sans paslir, attend la perte de la Flote;
De mesme dans le Ieu, la bizare se plaist,
A voir risquer sans crainte, & perdre sans regret.

De perdre en non-valeurs, & pour des bagatelles,
De quoy se r'acheter des peines eternelles?
Et perdre sur le tour d'vne carte ou d'vn dez
Les biens que sur sa Foy son Espoir a fondez?
De combien payriez-vous, à vostre heure derniere,
Le pouuoir d'allonger d'vn pas vostre Carriere?
De combien voudriez-vous acheter vn moment,
Pour reuoir vostre compte, & faire vn plein payment?
Et ce sont ces momens, dont la perte fatale,
A tous les deux partys des Ioüeurs est égale:
Heureux & mal-heureux, joüant sur mesmes frais,
Perdent vn Bien qui passe, & ne reuient jamais.
Icy, vous me direz, que je suis trop seuere:
Que je parle d'vn air, & d'vn ton de vieux Pere:
Et vous charge, en ce point, de plus d'austerité,
Que n'en peut supporter l'humaine infirmité.
Vous pourriez dire encor, que ces Beautez luisantes,
Pudiques comme vous, comme vous bien-faisantes,
Qui le Cours de la Nuit éclairent de leurs feux,
Dans leur Salon d'azur, ont leur bal & leurs jeux.
Vn autre ajoustera, que ces Ames aislées,
Qui gouuernent sur nous les Spheres étoilées,
Ont pour se diuertir, durant ces longs efforts,
Les concerts que leur font des Sirenes sans corps.
Dira-t'on point encor, que ces riches Figures,
Qui brillent à nos yeux, dans ces hautes structures,
Lyons, Taureaux, Beliers, Centaures & Poissons,
Et cent Signes diuers d'assiete & de façons,
Aux Esprits directeurs de ces voûtes roulantes,
Sont comme des Eschets de formes differentes,
Qui seruent quelques fois, à leur relaschement,
Dans le train d'vn si juste & si fort mouuement?

Ces raisons, DORALIS, sont raisons figurées,
Et de traits fabuleux sur le faux colorées;
Mais sans faire venir des couleurs de si loin,
Il doit suffire icy, d'alleguer le besoin,
Ie l'auouë, il est vray, l'infirmité demande,
Qu'apres vn long effort, la Vertu se débande:
Et le tendre tissu dont se font les ressors,
Qui seruent au concert de l'Esprit & du Corps,
Ne se peut conseruer, sans quelques interuales
De mouuemens égaux & de pauses égales.
Ces pauses, DORALIS, ont leurs temps & leurs points,
Qui veulent de mesure, aux deuoirs estre joints:
Et c'est par ces deuoirs, & sur cette mesure,
Que la Vertu donnant le tour à la Nature,
Sans débaucher l'Esprit, ny rompre ses accords,
Le Ieu remet les Sens, & delasse le Corps.
Pour atteindre à ce but, quiconque aura l'enuie,
D'alleger par le Ieu, les peines de la vie;
Le prendra comme vn sel, qui se prend sobrement;
Et n'en vsera pas jusqu'à l'accablement.
Tout excez est chargeant, dans l'vsage des choses:
On peut estre étouffé sous vn monceau de Roses:
Si le vuide incommode, aussi fait bien le plein:
On meurt de trop manger, comme l'on meurt de faim:
Et le plus doux sommeil, cesse d'estre vn remede,
Si tost que du besoin les bornes il excede.
Le Ieu, comme l'Estude, épuise la santé,
S'il est auec chaleur, jusqu'à l'excés porté:
Il seche les esprits, qui le long des arteres,
Aux fonctions des Sens prestent leurs ministeres:
Il épaissit le sang, dont la pure vapeur,
Nourrit de la jeunesse, & le suc & la fleur:

Il change

Il change & fait tomber, long-temps auant l'Autonne,
L'or ſubtil & friſé, dont le front ſe couronne;
Et par tout où rioit la Roze jointe au Lis,
Il tire des ſillons jauniſſans de Soucis.
Il fait encore pis; il éteint la ſemence,
Du bon ſens, du diſcours, & de l'intelligence:
Et ne laiſſe en l'Eſprit interdit & perclus,
Que des couleurs ſans corps, & des termes confus.
Ces Tenans de Bureau, qui n'ont pour toute affaire,
Qu'à ſuiure les hazards du Ieu dans vne chaire;
Sçauans à diſtinguer Flux, Sequence, Fredon,
Ont à peine compris de quel genre eſt leur nom.
Docteurs ſur le Tapis, ailleurs Mulets de ſomme,
Ils n'ont que l'apparence & le dehors de l'homme;
Et reſerué l'habit, la plume, & le collet,
N'ont rien, qui leur puiſſe eſtre enuié d'vn Valet.
N'aguere vn de ceux-là, ſtupide & ridicule,
Me demandoit, dequoy viuoit la Canicule:
Si les Iemeaux eſtoient de ces Saints Innocens,
Qu'Herode fit mourir en la fleur de leurs ans;
Si, comme noſtre Lune eſt de couleur d'yvoire,
Celle des Abyſſins & des Mores eſt noire;
Et d'où vint tant de Sel, dont au commencement,
Furent ſalez les flots de l'humide Element?
Cependant, DORALIS, parce qu'il a l'adreſſe,
De pouſſer d'vn cornet, deux dez auec juſteſſe;
Parce qu'il ſçait du Ieu les ſecrets & les mots,
Et peut dire le paſſe, & le vade à propos;
Le nom qu'il s'eſt acquis dans les Academies,
Luy donne du credit, & luy fait des Amies.
Voſtre Eſprit, DORALIS, eſt comme vn beau Miroir,
Les Graces, les Vertus, ſe plaiſent à s'y voir;

Leur nuit eſt, DORALIS, quand le jour les efface,
Leur jour, quand le Soleil à la Lune fait place.
Et l'on voit qu'à l'inſtant que l'Aube de retour,
Retouche l'Oriſon, des premiers traits du jour;
Dans leurs voiles d'azur auſſi-toſt reſerrées,
Et pour ſe repoſer, à couuert retirées,
Elles dorment autant que le ſouffre le cours
D'vn logement mobile, & qui roule toûjours.
   En cét endroit encore, il faut que je vous die,
Que le Ieu qui déborde eſt vne maladie,
Qui diſſipe le temps qu'on doit à ſes beſoins;
Ne laiſſe aucun loiſir pour les plus juſtes ſoins;
Et ſeche dans l'Eſprit, & dans le cœur ſupprime,
Tout le ſuc qui nourrit l'Amitié legitime.
On renonce aux plus chers, aux plus doux entretiens,
On romp les plus ſerrez, les plus fermes liens,
Le Cocher le plus prompt ne va pas aſſez viſte,
Quand le ſignal du Ieu, les Ioüeuſes inuite.
Et pour aller reſver ſur du rouge & du noir,
On laiſſe tout commerce, on quitte tout deuoir:
On ſe cache à l'Amy, le Parent on écarte,
Pour aller conteſter ſur des fueillets de carte.
   Vn cœur comme le voſtre, humain, doux, genereux,
Ne met qu'au dernier rang le commerce des Ieux.
Il veut qu'en premier lieu, la Vertu ſoit ſeruie:
Et dans l'eſtat qu'il fait, des deuoirs de la vie,
La moitié de ſes ſoins ſe donne à l'Amitié;
Et la Deuotion en a l'autre moitié.
   Auſſi, s'il en eſt crû, ſur ſon experience,
Il n'eſt ny gain preſent, ny gain en eſperance,
Qui vaille à beaucoup prez, ce que vaut l'entretien,
D'vn Amy ſerieux, diſcret, homme de bien,

Il n'eſt point de plaiſir, dont le gouſt ne s'aigriſſe,
Si nous le comparons au gouſt d'vn bon office.
Mais ce gouſt, DORALIS, n'eſt que de peu de gens,
Qui purgez de la craſſe & des abus des Sens,
Iugent tout autrement que ne fait la Commune;
Donnent à la Vertu, le pas ſur la Fortune:
Et ſe ſatisfont plus de l'Eſprit & du cœur,
Que de tout l'attirail que traiſne la Grandeur.
Ajouſteray-je icy, que le droit des Iournées,
Au ſeruice de Dieu par ſes Loix aſſinées,
Demande que nos Cœurs, nos Eſprits, & nos mains,
Quittent les vains employs, & s'en donnent de ſaints?
Sur tout, quand les Autels, quand les parois des Temples,
Pour émouuoir nos cœurs, par de triſtes exemples,
Et pour nous exciter à vaincre noſtre orgueil,
Se deffont de leur pompe, & ſe couurent de dueil;
Quand les funebres ſons de nos cloches lamentent,
La mort du Dieu Sauueur, que les Croix repreſentent;
Et que ſon ſacré ſang à nos yeux épanché,
Tombe ſur noſtre mort, & ſur noſtre peché.
Quelle Ame, ſi ce n'eſt vne Ame de Tartare,
Ou de quelque autre trempe encore plus barbare,
A la voix de ce ſang, qu'elle verroit couler,
Pourroit le bruit des dez, & des cartes meſler?
Il eſt encor des temps de rigueur & de peine,
Où les Ieux ſont cruels, la Ioye eſt inhumaine.
Ces temps ſont, quand le Ciel irrité contre nous,
Prend ſes yeux de menace, & ſa voix de couroux,
Quand les Executeurs de ſa Iuſtice outrée,
Deſcendus en fureur de leur triſte Contrée,
Tantoſt ſement en l'air des charbons peſtilens,
Qui ſans diſtinction brûlent petits & grands;

Tantost laſchant le frein qui bride les Riuieres,
Font des Bourgs abyſmés de Flottans cimetieres:
Et tantoſt font rouler ſous leurs Fleaux redoublez,
Le ſang des Nations dans les Eſtats troublez.
Qui joüra, s'il eſt ſage, à la lueur funeſte,
Des feux noirs & fiévreux dont s'allume la peſte?
Qui joüra s'il eſt ſobre, au bruit que font les Fleaux,
Dont le Ciel offenſé, bat la terre & les eaux?
Qui joüra, s'il eſt homme, aux cris des miſerables,
Ecraſez ſous le poids de ces fleaux effroyables,
Qui font voler en l'air, des Peuples moiſſonnez
Et les membres moulus, & les Chefs tronçonnez.
Le Monde eſt ébranlé, la Nature s'effraye,
Tout brûle d'vne part, de l'autre tout ſe naye;
Le fracas, le débris, la clameur des mourans,
Ou du feu deuorez, ou traiſnez des Courans,
N'offrent de tous coſtez que d'affreuſes images,
D'embrazemens meſlez auecque des naufrages:
De concert cependant, le cornet à la main,
Trois Fripons, outrageux à tout le Genre Humain,
Ioüront le prix du ſang des malheureux qui meurent,
Et ſe riront des pleurs des autres qui demeurent.
Le Ieu doit eſtre net de tous déreglemens,
Soit de mauuaiſe foy, ſoit de mauuais ſermens.
Il ſe voit, DORALIS, certains Filoux de Chambre,
Munis de longs canons, couuerts de poudre d'ambre,
Qui les Cartes aux mains, au lieu d'armes à feu,
Detrouſſent leurs amis engagés dans le Ieu.
Vos mouchoirs, vos manchons, vos perles, voſtre ſoye,
Ne ſont pas en peril, de deuenir leur proye.
Ils en veulent à l'Or, & non pas aux filets,
Dont Veniſe & Raguſe ont tiſſu vos colets.

Loin de vous, DORALIS, les doits de ces Harpies;
Plus loin de vous encor l'haleine des Impies,
De ces Esprits d'horreur & de rage emportez,
Du souffle du Dragon, de son fiel empestez,
Qui des sermens affreux que leurs bouches vomissent,
Infectent l'air au loin, & le jour obscurcissent.
Au lieu de la Fortune Intendante des Ieux,
Vous verriez, si le Ciel vous dessilloit les yeux,
Vne Furie ardente, & de venin liuide,
Qui sur la table assise, à leurs Sabats preside.
Vous luy verriez mesler leurs Cartes & leurs Dez,
Soüillez de son écume, & de sa dent marquez,
Et leur mettre à la main, vne Corne infernale,
Aux Perdans, aux Gaignans également fatale;
Tandis que de concert, par de longs sifflemens,
Les serpens de son front suiuent leurs juremens.
N'ayez donc point de part auecque ces Athées;
Des Estoiles seroient de leur souffle infectées:
Et de la seule horreur de leurs impietez,
Trois fois nous auons veu les Fleuues irritez,
Victorieux des Ponts, des Digues, des Chaussées,
Entraisner en grondant les maisons renuersées;
Et porter à la Mer, auecque leur debris,
Les pleurs de la Campagne, & le sang de Paris.
On doit regler encor les sommes que l'on joüe;
Et ne pas exposer sur le cours d'vne Roüe,
Qui se tourne aussi viste à la perte qu'au gain,
Le fonds de l'auenir, l'espoir du lendemain.
Qu'insensé, DORALIS, est celuy qui luy fie,
Le soin de sa fortune & celuy de sa vie:
Et se fait, pour aller pauure dans le Cercueil,
D'vn tapis vne Mer, d'vne Carte vn écueil!

D'autre part, quelle Loy soit Humaine ou Diuine,
Quand le gros Ieu seroit sans peril de ruïne,
Permet qu'vn homme saoul, mette en vn passe-temps,
Le pain, le sang, le suc d'vn Peuple d'indigens?
Tandis que sous ses yeux, & presque sous sa table,
D'vn visage mourant, & d'vn ton lamentable,
Peres, Meres, Enfans luy demandent en vain,
De quoy couurir leur honte, & soulager leur Faim.
Enfin le Ieu doit estre épuré de l'ordure,
Qui soüille sa noblesse, & la change en roture.
Il veut estre affranchy des peurs & des desirs,
Qui meslent leurs chardons aux fleurs de ses plaisirs:
Sur toute chose il fuit l'aigreur & la discorde,
Et ne peut rien souffrir qui pique ny qui morde.
Ainsi chez la celeste & la chaste Venus,
S'il faut que sur leur foy les Poëtes soient crus,
Les Graces pour joüer assises aupres d'elle
N'eleuent point la voix, ne font point de querelle.
Rien d'aigre, rien d'amer n'altere leur douceur;
Le calme est sur leur front, comme il est dans leur cœur.
Pour prix, le sort du Ieu des Perles leur assine,
Qui se peschent bien loin de la vague marine,
Dans des eaux, où l'esprit des Astres distilé,
Ne souffre rien qui soit, ou bourbeux, ou salé.
Le jour est tiede & pur, qui se plaist à leur luire:
Ses rayons temperez n'ont rien qui puisse nuire:
Et s'il est des Amours spectateurs de leur Ieu,
Ce sont Amours benins qui ne font point de feu;
Ou le feu qu'ils leur font, est vn feu sans fumée,
Dont la flame est encor de chaleur desarmée.
Le bruit est, DORALIS, & ce bruit n'est pas vain,
Qu'agreable en la perte, autant que dans le gain,

Vous joüez ſans aigreur, comme les Graces joüent,
Et de cette vertu tous les Ioüeurs vous loüent.
Voſtre air égal & doux en tous les accidens,
Retient les emportez ; conſole les perdans :
Et cette bienſeante & noble modeſtie,
Que vous auez d'honneur & de grace aſſortie,
Engage le Hazard, tout bizarre qu'il eſt,
A conduire ſouuent le Ieu comme il vous plaiſt.
On ne voit point pourtant, voſtre main plus ouuerte,
A recueillir vn gain, qu'à payer vne perte.
Choſe de rare exemple, & qui ſe void fort peu !
Ce metal dominant, qui regne ſur le Ieu,
Soit qu'il tire de vous quelque trait de lumiere,
Qui d'vn nouuel éclat releue ſa matiere ;
Soit qu'aymant le grand air, & la grande clarté,
Il ſe plaiſe à ſe voir chez vous en liberté ;
Pour ſe donner à vous de tous coſtez ſe preſſe,
Et de vous, ne reçoit ny faueur ny careſſe.
Il s'auance, il s'ingere ; & ſans vous preſenter,
Sans luy tendre la main, afin de l'arreſter ;
Vous ſouffrez librement qu'il ſuiue la fortune,
Que vous ſouhaitteriez eſtre égale & commune.
Auſſi preſque par tout, traité de Fugitif,
Renfermé ſous le fer, & retenu Captif,
Il eſt libre chez vous ; & rend tout le ſeruice,
Qu'il doit à la Vertu contraire à l'Auarice.
Il n'eſt rien de pareil à cette égalité,
De bonté, de douceur, de calme, d'équité ;
Mais toutes ces Vertus afin d'eſtre éternelles,
Demandent, DORALIS, des ſujets dignes d'elles.
Des ſujets precieux, celeſtes, éclatans,
Releuez au deſſus de la Terre & du Temps.

Que vous ſert d'eſtre douce, égale, juſte & bonne,
Si tout cela n'accroiſt de rien voſtre Couronne?
Et ſi, ſur voſtre conte, à l'heure de la mort,
Tant d'articles rayez, ne ſont d'aucun rapport?
 Les Vertus ne ſont pas du rang des Vierges folles,
Qui conſument leurs jours en ouurages friuoles.
Elles ont le cœur noble, & ne vont que par haut:
Le Bien qui n'eſt pas grand, leur eſt vn grand deffaut:
Leur eſprit & leurs mains veulent qu'on les employe,
A mettre l'or en œuure, à trauailler en ſoye.
Ne leur épargnez point ce precieux employ:
Faites-les jour & nuit agir ſous voſtre Foy:
Plus vous leur fournirez d'or, de pourpre, d'yuoire;
Et plus de leur trauail il jaillira de gloire:
Et du Troſne, qu'au Ciel elles vous dreſſeront,
Les rayons éternels plus d'éclat jetteront.

FIN.

www.ingramcontent.com/pod-product-compliance
Lightning Source LLC
LaVergne TN
LVHW050517160826
845677LV00003B/1196

* 9 7 8 2 3 2 9 6 4 5 4 2 1 *